Bia Lile

De fora pra dentro

Escritas na pandemia

Catalogação na publicação
Elaborada por Bibliotecária Janaina Ramos – CRB-8/9166

L728d

Lile, Bia

De fora pra dentro: escritas na pandemia / Bia Lile. – Belo Horizonte: Quixote+DO, 2024.

72 p., fotos.; 14 X 18 cm

ISBN 978-65-86942-85-9

1. Poesia. 2. Literatura brasileira. I. Lile, Bia. II. Título.

CDD 869.91

Índice para catálogo sistemático

I. Poesia : Literatura brasileira

Nesta edição respeitou-se o acordo ortográfico da língua portuguesa de 1990, que entrou em vigor no Brasil em 2009.

Quixote+Do Editoras Associadas
Rua Alagoas 1270 - sala 304
www.quixote-do.com.br
https://www.facebook.com/QuixoteDoEditora/
https://www.instagram.com/quixote.do/
https://www.youtube.com/c/QuixoteDoEditorasAssociadas

Bia Lile

De fora pra dentro

Escritas na pandemia

EDITORAS ASSOCIADAS

À memória de Fernanda, Marice e Roberta.

Amigas,
enxuguem as
lágrimas.
Essas foram
nossas primeiras
perdas.
Serão muitas.
Apertem o coração
no punho.

Svetlana Aleksiévitch

De fora

p

r

a

dentr

Sobre outubros e primaveras

escreve
às vezes por vingança
às vezes por nostalgia
às vezes por revolta
às vezes por utopia
às vezes por muito
às vezes por menos
como quem nunca esquece
a origem

superfícies e raízes

sem querer
deter o poema
quando nele se reconhece
sem poder
negar a palavra
quando há silêncio

subverte

escreve
como uma mulher prenhe
como um menino faminto
com a urgência que clama o instante

como quem às vezes chora
e teme

mas teima e resiste

sem querer
deter o lábio
quando dele salta
uma voz
destoante

escreve
sem ousar deter o grito
quando ele se manifesta
a cada pedra beco espinho

sem poder negar
do gesto

  o levante
    escreve
  escreve

direto do tempo em que vivemos
feito o orvalho das horas
feito uma mudez de dentro
feito um corpo que resiste e dança
e outro exausto que se recolhe

feito um vento, um movimento
sem ponteiro, sem roteiro
às vezes veloz, às vezes lento
mas nunca ausente

vozes que canta
e ouvia sua mãe cantar
desde a nascença e mesmo antes
como quem se lembra

tateia com dedos a esperança
e escreve como quem imagina
pois quem tem olhos vê:
outubro é só virar a esquina.

Lamento de carnaval

Enlaça a tarde que já te escapa
em um punhado de palavras
sem pretender qualquer tratado,
talvez no máximo uma rasura
ou um qualquer poema breve.

Nesta paisagem de uma tarde
em que o sol saiu
depois de tantos dias,
permaneço na cama submersa.

Tento, tento, mas nada feito,
o verbo que rasga em falta,
vejo de longe atravessar o bairro
e me lançar um olhar de escárnio,
trôpego e meio bêbado.

Em Santa Tereza avista o dito
na Conselheiro Rocha, delirante:
- Carnaval chegou, nem tente,
vírus é coisa que dá em gente,
não em verso.

Ouço então os livros
na estante gritarem em protesto:
- O carnaval, a rua, eu também quero!

Enquanto isso os lábios cantam
Os Tincoãs de memória
e os olhos desenham oníricos
corpos dançantes no teto,
o gato ao lado espreguiça
e traz o pensamento de volta,
a tarde se esvai, tão bonita,
amenizando a saudade que bate,
não nego, sede de delírio,
multidão e afeto.

Banho de sol

estendo o braço
para tocar um raio
de onde estou,
de onde é possível
respirar uma porção
de nuvem e (in) sensatez.

deito a dor
no pequeno quadrado morno da sala
onde o sol me avista e visita
por duas voltas de horas
e deixo brotar de dentro dela, quieta,
e se arder em luz de saudade vigorosa,
a memória.

a quietude não é uma virtude,
é uma necessidade,
o dispositivo que inda permite
ao corpo escrever, amar
e respirar.

há dias que inda vejo beleza
neste silêncio, nesta solitude,
e depois me culpo
de dentro deste vazio,
de dentro desta minha
sinistra e vergonhosa
(im)potência.

nos protege do vírus o isolamento,
mas somente nos pode curar
da necropolítica
a coletividade.

saudade,
de quando era possível sonhar.

Carta para tentar entender

Um ato de despedida
acende cada gota de orvalho,
cada ínfimo tempo,
cada olhar,
cada gesto,
cada abraço.

As histórias interrompidas
se amontoam,
o beijo frustrado,
o coração partido,
a filha sem mãe,
a mulher sem marido,
a neta sem vó,
o jantar abandonado.

Saiu de casa com falta de ar
para proteger os seus,
para se resguardar,
e esperava voltar.

Olhou pro lado em um átimo
de consciência, estava só, entubada,
e o último suspiro, solitário,
não abrigou ínfima despedida.

O corpo gélido foi posto num saco
e jogado em um buraco,
terra lançada por um trator,
sem lápide ou flor,
enterro sem velório.

E agora inda esse cheiro,
inda suas coisas quentes
no guarda-roupa esparramadas
e uma vela de sete dias acendida
antes de você sair e até agora
fazendo sombras na parede da sala.

E seu vulto a rondar a casa
de dia e inda depois, de noite
e na hora que acordava e coava o café
no alvorecer da madrugada.

Rezo e acendo do último respiro
da sua, uma nova vela
que é para fazer
cada uma de nós
entender:

Tu e eu,
quem anda para sempre dormindo
e quem perambula acordada
feito fantasma pela casa?

40 dias

Sobreviver ao fim do mundo
sem perder a esperança.

Como?

Se a violência hospeda o gozo
e a memória abraça o esquecimento
frente ao cotidiano de corpos
lançados à vala comum
dia após dia?

A cada amanhecer nos guarda
a devastadora tarefa de contar as perdas

mas há ainda os negacionistas
das mais diversas seitas,
os que creem no vírus
como infortúnio comunista.

Alardeiam estar vazios
os milhares de caixões
mandados às covas
a cada amanhecer,
como se encenássemos
uma alucinógena
ficção.

Não bastasse a crua morte
soprando aos ouvidos,
sofremos cá ainda
a morbidez espantosa
dos fascismos cotidianos.

30 de março de 2021

Meu pai não respondia aos comandos,
seus atos se desenrolavam
no tempo de um bicho preguiça,

e eu na velocidade dos ventos ávidos
por resposta passei a observar os sinais
para cultivar a sua vida.

Os sinais vinham do piscar dos olhos,
da gesticulação dos lábios
de onde não se ouvia a sua voz,

os sinais vinham do intestino
se havia aberto ou não,
da pressão
do sódio
e da glicemia.

Os sinais vinham do desejo de comer pirão,
fazer a barba e aparar as sobrancelhas,

da vontade de escovar a prótese
e de fazer, mesmo que ralo,
um xixi.

sexta-feira da paixão

Meu coração gelou.
Ari chorava.

Marice se foi.

- Quando?
- Não sei ao certo.
- Como?
- Faltou ar. E vaga de UTI.

Raso da Catarina

os dias pesam toneladas

na pele se inscrevem profundos acidentes
e a água no corpo que era muita
agora falta pra uma lágrima

ando seca de verdade

uma dor na lombar
uma falta de ar
um pólipo retirado do intestino
ondas de calores e frios
dores articulares
insônia enxaqueca boca seca
e de novo
falta de ar

o coração
disse a cardiologista
anda um pouco mais fraco
do que o recomendado
- vou te pedir um raio-x do tórax

o riso mais curto
os sonhos soturnos
as caminhadas mais longas
e em ruas desertas

para fazer desmoronar
as pálpebras ao deitar

faltam abraços
e quase já não reconheço
em mim um sorriso
- a alegria se escondeu

me enrosco no tempo
em estado de desenraizamento

é noite

lá fora
a mesma neblina milenar
sobre Vitória da Conquista
encobre as terras onde posso
sentir pulsarem os meus ancestrais

onde estás, minha mãe?
onde estás, Paulo Tiago?

comigo esta imensa tempestade
essa, quem diria,
apocalíptica travessia

90 dias

Sim, este é o meu país
com suas chagas e mortos
e estes são meus escritos agnósticos
e esta é a minha pulsão,
meu uivo raiva e respiro,
minha perplexidade.

Me sei ainda viva, é verdade.

Mas minha sanidade transita
entre opostos,
lambe o céu num respiro e
depois mergulha fundo no inferno
em asfixia e autoflagelo.

É bom viver para ver?
Posso eu sobreviver e testemunhar
a miséria que se instaura e nos arrasta,
para além da morte morrida,
a omissão assassina
que mais vitimiza
o povo preto, pobre, indígena.

E posso eu voltar a sorrir
depois de tanto me faltar ar?
E tudo isso há de passar?
E como ousar esquecer
e como ousar respirar
e como ousar hospedar
de novo um horizonte,
um céu, um mar?

Relembramento ancestral

A gravidade que me circunda
nasceu comigo, mas foi parida
muito antes de mim.

Sou este ser que lacrimeja
de ínfimo e talvez nostálgico lamento,
como uma aranha sem vida gregária
a tecer do corpo o próprio templo.

Mesmo a minha índia mãe
e outrora também a tataravó
na mata laçada por homem branco
arrastavam em si preso
esse nó na garganta.

Quanto de resistência e delicadeza
carrego desses seres que vieram antes
e me moldaram neste plano?

Sou neta da cabocla Jasmira
e dela herdei este sentimento,
um misto de amor e ressentimento,
um querer brotar num dia
e no outro esquecimento.

Mundo avernal

Nesta noite me veio visitar
uma velha sem alegrias, nostalgias
e destemperanças.

Em uma casa solitária a vagar
com um copo de barro entre os dedos,
caminha pausado
como quem pode cair
do precipício instaurado
pelo próximo passo.

Em lance certeiro firme como se
previamente pensado,
bebe alguns goles do copo e
derrama todo o resto do líquido,
encharcando o sofá
onde logo em seguida se deita
de barriga para baixo.

Sem pensar ou já muito antes premeditado,
em seguida risca um fósforo
e em um átimo
o corpo arde
em chamas.

Eu acordo
como de um susto
e coração acelerado.

Essa velha que nem sabia existir,
esse ser enrugado e desconhecido
de cabelos índios muito longos
que no sonho a mim nem percebi parecia,
de olhar pro chão e cratera no peito,

antes mesmo de se apresentar
ou como fundamento
para o nosso laço,
sem ínfimo lamento
e como num sopro
instaura primevo ato:

expurgar o medo,
restaurar o tato.

fragmentos de prosas com Roberta.

I

eu quero te falar de outra coisa, da arte como poço artesanal para cavar profundo esse chão às vezes inóspito, desértico, absurdamente raso. retornar do centro para as bordas, fazer o caminho de volta, voltar de uma sequência de perdas. não se trata de reviver ou superar um trauma. quero falar de outra coisa. estou escrevendo um texto. sim, outro, não este. um texto sobre o que não vejo e não toco, sobre o inalcançável no meu corpo, sonhos, memórias. projeção como um quadro sobre outro quadro. museu vivo. camada sobre camada. desenterrar o que me toca. o que toca o meu desejo. de onde consigo localizar fricções, dramaturgias. pense numa foto. mas não só isso. pense no meu corpo nu numa foto. anunciar a minha nudez, tornar o meu corpo nu publicamente. um pouco desse lugar, de deixar de performar, ou assumir que não há ser sem performatividade. lançar o meu corpo nu no mundo. mas o meu corpo não é somente o meu corpo. o meu corpo é o que nem eu sei. fruição. como uma árvore que perde todas as suas folhas em cada outono. a manifestação de uma existência no tempo e no espaço no devir de um voo. despir isso. é isso.

II

escolhi essa foto aí, porque tem o porão,
mas aparece o mamilo
e o instagram costuma bloquear.

as meninas escolheram outra,
por causa do mamilo,
mas eu estou desgostosa.

as meninas lembraram de uma amiga nossa
que morreu.

Ah, não. não. sim,
quero que a nossa imagem
represente esse alguém
que morreu entre nós, até porque
ando apavorada
com a morte ultimamente.
ela sempre está aí,
à espreita.

não gostaria que a morte fosse lembrada.
mas também acho
que a gente olha para um porão
procurando vida.

a vida que nos resta
e arrasta
a vida que pulsa
e nos alimenta o olhar,
tipo ficar vasculhando seus textos

na madrugada, porque seu corpo se foi
mas a sua voz ainda ecoa
numa outra intensidade
diferente desse silêncio que grita
às duas de uma manhã
ainda plena em escuridão.

III

sobre fotos sem mamilo, o que você vê?

não vamos desfocar mamilo.
a gente corrobora
para uma visão distorcida
sobre o nu das mulheres.

tem a foto onde escrevi na perna,
você me dirigiu nela.

eu comecei a lembrar o processo.
tem um grupo de mulheres,
queria que você participasse,
vamos fazer algo com isso.

tem a ver também com a gente conseguir tratar do
luto coletivamente,
mas de um jeito muito delicado.

uma hora a gente se encontra.
mas sei que está pesado para cada uma, né?
cada uma tem que respirar muito fundo.
realmente ficar no essencial.
estamos cada uma no seu território,
mas é preciso quebrar esse muro.

IV

agora está difícil de falar com você.
talvez lá pelas dezessete eu consiga.
antes eu tenho uns compromissos,
tô fazendo revisão de textos,
tenho que fazer exames,
estava fazendo análise.

e também estou no sintoma do tratamento,
é tudo muito mais devagar.

tudo é muito batalhado para que aconteça.
não acho que tenha que reverberar somente a tristeza,
mas a alegria também.

transformar este presente.

estou muito fragmentária hoje,
me desculpa.

dito isso, um tanto fragmentado,
eu queria ver se a gente conseguia,
se você toparia... eu dei tanta volta.

estou com a cabeça um pouco confusa hoje.
pode deixar um áudio para mim também,
tipo um podcast, se quiser.

sim, vou tentar,
eu juro que vou tentar...

Maior que o infinito é o meu quintal

Para Laurinha e Caetano

Minha casa é um universo
cheio de bichos, sabedorias
e delicadezas como esse casal
de passarinhos de peito branco
que fez ninho na árvore onde
de manhã me guardo do sol

Tem um céu inteiro
em cima do meu quintal
e à noite todas as estrelas
de todos os tempos e galáxias
me vem saudar uma sinfonia
de infinita beleza e silêncio

Todas as luas cabem na minha varanda
nova crescente cheia e minguante
mas elas brincam de esconde-esconde
e às vezes preciso dar a volta no terreiro
pra saber em qual parte da escuridão
me esperam a sorrir

Além do meu irmão
que come um abacate
debaixo do pé de pinha
tenho como companhia
um calango que passa
toda a eternidade pelo muro
a passear e às vezes me saúda
com um brilho no olhar
e um breve olá

E uma civilização de formigas
que carrega toneladas de folhas
para o andar debaixo da terra
onde vivem e se escondem
do sereno
para não gripar

Tem um cacto que agora
se abre em flores vermelhas
tem capim cidreira
tem pé de limão
e inda outro dia
nasceu, que alegria!,
um pé de pitanga

É preciso saber cuidar
desse cosmo
com quem compartilho
o meu habitat
aguar as plantas

contar as estrelas
segredar com a lua
dourar a pele ao sol
e me atentar a não pisar
no calango e no formigueiro

Da boca

pra

f o(r)r a

g

120 dias

Hiberno física e psicologicamente

como um esquilo,
um morcego, um ouriço,
um rato silvestre,
ou um qualquer
animal homeotermo
na travessia deste denso inverno.

Abandonei a tv, o facebook
e os grupos de whatsapp,
me recolhi ao orgânico,
ao que posso ler com as mãos,
à densidade do ébano,
aos aromas, à leitura, à escrita,
aos dedos sobre o trabalho,
ao aprender cotidiano
sobre viver.

O mundo me assusta.
Parece tudo errado, tudo virado,
e um denso desejo de justiça
me consome.

Hiberno como perséfone
à espreita de uma próxima
primavera.

Voltar ao antigo lar

como quem busca encontrar
o saltitar e a lambida de um cão,
a algazarra calorosa de irmãos,
o cheiro do feijão no fogão,
uma multidão de instintos
que te povoam a memória
como uma cigarra quase inaudível
a ressoar longínqua na madrugada.

Talvez você hoje resida em frente ao mar,
cercado de novos amigos e uma paixão fulminante
para onde possa retornar,

mas mesmo lá ou em qualquer lugar
em posse de distâncias antes improváveis,
percebe não haver qualquer atalho
para onde se mover em retirada.

Fora há um mundo velho a desmoronar

e aqui dentro
um sertão repleto de vozes
a entoar em grito um novo ciclo.

Você olha para o céu
e vê nuvens
a se desmancharem.

Hospital Luxemburgo

Mais uma vez
no longo corredor da morte.

Deitado em uma maca
do outro lado do muro,
o pai aguarda nova cirurgia
desprovido de sentido.

Enquanto aguardo, escrevo
laudas aleatórias
com destinatários que desconheço
e chupo balas de caramelo.

Difícil não projetar
nessa longa tarde
quando há de chegar
                    a própria vez.

Consigo distinguir
a voz da enfermeira a chamar
- Seu Jeovane!
enquanto ele, desacordado,
toca o inconsciente.

Pressentimentos portam-se
entre mim e ele.

Onde começa
e onde termina a hora de cada um?

Não é fácil morrer
e nem ir vivendo.

O acordar talvez
comece depois de os olhos
se fecharem.

Espera que aquela porta
se abra e traga boas-novas,
uma desobstrução da garganta
que permita ao velho
triturar esse raio de existir
com os dentes.

Por que qual prazer há
mais digno e sério?

Qualquer palavra soa insossa.

Nenhuma religião
Nenhuma filosofia
Nenhuma paixão
Absolutamente nada vale mais.

Nenhum gosto reside
na palavra rapadura.

Lamento de carnaval 2

Enlaça a tarde que já escapa
em uma teia de incontáveis linhas,
sem pretender qualquer bordado,
talvez no máximo algum remendo,
pra sustentar a utopia
que inda alimenta o dia
sem métrica, sem rima
e sem medo.

Tenta, tenta, mas nada feito,
o verso que rasga é falta
e de longe atravessa o peito,
a lançar feito bomba
um olhar sem sofrer,
um gesto sem sentir,
um arrepio sem querer,

trôpego, rebelde
e sem intenção de dizer.

Se ouve, então, em revoada,
vozes de outras eras,
poetas da madrugada
abandonarem os livros na estante
e se derramarem delirantes, em seus ouvidos.

- Etérea também sou eu!, os lábios cantam
e os olhos avistam, no teto onírico,
sombras formarem corpos nus
em delírio.

O gato Bukowski ao lado na cama
mia e se espreguiça, pra em seguida
tomar a rua.

Já é hora, a tarde se esvai
inundando a noite de breu

e, de cá, o corpo sem entender
se o que vislumbra é sede
do desconhecido ou saudade
do que já sente sem saber.

Ensayo sobre la ceguera

Debajo de una noche
Como un prisionero

Yo digo y siento
Con los ojos cerrados
Y todo mi cuerpo
Tiene sed

Yo sé
Que ya nada de eso florece
¿Crecí? ¿Y después?
Vagamos taciturnos
Con la venda en los ojos,
Taciturnos bajo la luna

Muere su madre,
Espantable conciencia
De sentirse pasajero,
Una voz que le llama,
Dilatada sombra –
Aguardándome a mi puerta

Devagar a coragem

de moldar
a pessoa que nasci para ser.

Devagar,
tão devagar
que talvez me falte
ao final.

Aos poucos vou
tomando forma:
- perdida entre poetas.

Sempre que paro
para escrever
já estou cansada demais

e se não for capaz de
me reinventar,
quem será?

O que espero acontecer?

Pesados demais,
certos dias.

Cai a noite
e com ela adormecem
as feiras,

menos as moscas.

Poema novo

Meus olhos procuram
ao mesmo tempo em que se esquivam
mas os ouvidos pelo menos escutam
certo sentido impronunciável.

Como posso me convencer
a dobrar aquela esquina
e superar toda a ausência
que me toma agora
quando me coloco à frente
de uma fresta a nascer?

Quero estender este poema
até dobrar todo o silêncio
e lá deixar brotar o inusitado
e poder ver nascer um ato
ou uma qualquer fissura
diferente.

Como nomear o que antecede a palavra
ou conviver com a ausência definitiva
de uma oração que te redima?

Definitiva lição:
o corpo posto à deriva em um barco
a desapegar-se e despejar sobre as águas
(porque disso depende poder seguir adiante),
todos os pesos mortos,
zonas de instabilidade,
nuvens cinzas,

varrer da casa toda a poeira
que te causa alergia.

Personas

Trago lembranças de algumas mulheres
que encarnei e deixaram de existir
e a consciência de outras tantas
que em mim se encastelam
e cotidianamente se estranham
feito gatos no terreiro.

Vejo-as em negativo
aquelas que se foram
e quase não reconheço,
guardadas escondidas
em caixas de sapatos
já há tanto reveladas.

Dos que me habitam, alguns eus
parecem adormecidos
enquanto outros
um tanto estranhos
sem pudor encenam.

Afinal
parte que me faz falta
e hoje se silencia
poderia ter brigado
mais fundo por mim
e a fração que assombra,
deixá-la simplesmente ir.

Quisera poder organizar cada um
em seu dia e hora, feito numa escala
para meu melhor proveito
sem dilemas e protestos,
mas veja por exemplo agora,
enquanto uma me dá passagem
outro alguém me dilacera.

Desabam criaturas em mim muitas vezes
e de súbito outro eu me ergue,

confesse: é mais você quando cai,
quando se levanta,
quando se desarma,
quando chora, quando ri
ou quando se enrijece?

A multidão que te habita
carrega um árduo peso
mas tem dias que de repente
sucede um desalinho,
todos parecem um só
e quase nem você
reconhece.

É quando
a mente silencia
e o seu corpo escreve.

Existe uma, por fim,
que te acena em combate
entre sonhos bons e pesadelos:
corpo em chamas, afogamentos,
amores complexos e dilacerados,
ancestrais reencontros e renascimentos.

Esta pessoa
me reconhece no espelho
e atravessa o olhar
de fora pra dentro,
tenta dizer algo toda noite
e diz, mas

antes disso.
sucumbo,
em desassossego.

150 dias

para Fernanda Calderaro

Nos conhecemos há pouco mais de um ano,
e nossa relação se firmou
por meio de uma singela afinidade:
o ofício de costurar folhas.

Me lembro inda hoje do dia,
ela passou de mesa em mesa
entregando para cada uma o seu mimo
e quando chegou em mim a retive ao lado.

Revelei ali, como quem descobre na outra
a mesma pulsão que a faz respirar,
ter eu dado também vida a brochuras,
mas eram inda desajeitadas,
como uma criança a não se saber firmar.

E confessei inda o desejo
de que o meu primeiro livro
fosse artesanalmente tecido
e cada exemplar carregasse
uma composição inédita
para ele bordada.

Pedi que ela um dia me ensinasse
a ser tão precisa artesã,
e confiamos num futuro próximo
um encontro de tecelãs.

Também lhe confiei
que esse amor por cadernos
me fazia colecioná-los intocados,
incapaz de batizá-los com um rabisco sequer,
como se qualquer palavra
pousada no silêncio de uma página
a ferisse em rachaduras.

O caderno impoluto medita.

Nesse dia em que batizamos o nosso segredo,
encomendei três novos livretos,
e ela só me entregou dois
porque a sobrecarga do ganha-pão
não a permitiu costurar terceiro.

Aquele que ela não entregou
virou promessa estendida
para todo mês que vem,
motivo de gargalhadas
e desculpas esfarrapadas
para eu ir ter com ela
no meio do expediente.

Admirava o primor do acabamento
de cada novo esculpido,

a eleição do tecido para a capa,
a cor da linha para a borda,
a precisão no corte das folhagens,
e ela com um sorriso quente acolhia
os elogios com que eu a banhava.

Um desses cadernos é hoje
habitat de poemas meus.

Na última vez que nos falamos
manifestei o meu carinho
e admiração por seu existir
- já vivíamos sob o manto da pandemia
e o gélido vento das despedidas.

Penso nela dias antes
pelos seus próprios pés
se dirigindo ao hospital,
tal como vim a saber,
depois de ligar para a mãe, a namorada
e meia dúzia de amigas, a dizer:
- Vai ficar tudo bem.

Partiu depois de dias
em luta internada.

Não chorei a sua passagem.

Há um oco
como se qualquer lágrima ou dor
por tão insignificante desrespeitasse
a imensidão da sua existência.

Te guardarei em mim, Fernanda,
e também comigo guardarei
o seu sorriso mais sincero
de cumplicidade e delicadeza,
a se abrir

feito um arco-íris.

Desde Montevideo

I

El rumor de las plantas
Y esta forma de hablarnos
Cuando te tengo en mis manos
Y entre los árboles
Tiembla el viento

Hay días en que te miro con deseos
Y yo no soy un hombre
y tú no eres una mujer

Pero hay días que se mezclan
La furia, el deseo y todo el horror

Te perdí durante la manifestación
De la noche

Escribo poemas porqué no quiero ir
A ninguna parte

II

Cada vida es un descanso de la muerte

Pasión del misterio y de la duda
Abismo entre dos personas
Distancia entre mis horarios
Y tú pensamiento

Aislado de los vicios
Como un antepasado mudo
Que te viene visitar en la intimidad
De los sueños

Después de la fuga de otras ciudades
Volver en la estación
De las grandes tormentas
Y buscar el abandono

Vivir es necesario
Navegar no.

III

Por el miedo las palabras nacen
Con ojos cerrados y oídos ebrios
Del mismo embrión

Por el miedo salimos del amor
Y te pregunto: ¿dónde has estado?

Salimos del amor
Como habíamos escrito
Y volvimos por las puertas
Traseras

Es verdad
Un siglo es largo como un día
Pero nunca muere
Recuerdo inútil
De ausencias largas

IV
La ciudad no eras tú
No era el mundo
No era diverso
No era yo

La ciudad era la historia de los pueblos
Más vieja
Más sabia
Más antigua

La ciudad tiene nombre de mujer
Y en mi camino estoy
Entre luces y espejos

Después de la fuga
El mundo era diverso
Ganar el pan con mí sudor
Y a boca abierta en la ciudad
De tú memoria donde nos amamos

V
En la calle un artesano teje con algodón
Como tu madre y tu abuela
En la misma calle
Que lleva al Río de La Plata
El más antiguo del mundo

Una lluvia fina como algodón
Cubre la noche y los letreros luminosos

Calles vacías y frío de invierno

Pégame que me gusta
El amor no existe
El deseo sí

VI
Estoy loca por un cigarrillo
Como una estrella de cine en la noche

La noche y su artificio:
Geografía difusa
Lengua nueva
Tierra de la tormenta
Cuerpos sin genero
Abrazados a los árboles
Tú y yo borrachos en una soñadora confusión
Como una película antigua

Y todo va demasiado rápido
Todo cambia, así como cambio yo,
El griego, el latín y la palabra obscena

Cambio yo y cambia tú
Como última ofrenda

VII
Soñé escapar de todas las cosas del mundo
Y nos despedimos

Pero
¿Por qué me echan?

Apuntando afuera
Por las calles bailando
Apuntando su maldición

El grito

La vida puede ser hermosa a veces
Difícil no sentir una pausa como
Una tregua para la muerte
Lánguidamente

VIII
A los cuarenta años desde Montevideo
Junto a la mujer que soy
y me pregunto:
¿Por qué volver?

Entiendo pocas cosas
Rechazo la idea

El tiempo transcurre sin angustia
Pero afuera hace frío

Quiero volver
Quiero quedarme aquí

Destino

Arranca da terra
a palavra

Porque ninguém consegue
morder sem dentes

Se és capaz de durar
que seja

Assim como o tempo

Multidão

Quero escrever
Sobre as mulheres que me habitam
Como aromas.

Tanto tempo
Tantas mulheres
E quanto apego vão.

Penso conhecer cada uma
Mesmo sem coragem de olhá-las
Ou sem chegar a tocá-las.

Lançadas aos ventos
Ou presas ao inconsciente
Entre quartos de hotéis
Baratos em Brasília
E tristezas ocasionais.

A poesia é ainda
O grão de rebeldia
Que me orienta.

Quero escrever
Sobre as mulheres
Que me povoam.

(Talvez esta seja a hora de nos conhecermos)

Tento traduzir
O barulho dos passos
A escultura de ossos
A cavalgada dos encontros.

É difícil entender cada uma.

Tanto tempo
Tantas mulheres
E quanto apego vão.

Tento entender cada uma.
O barulho de passos
De toda a multidão
Que me habita.

E o zumbido nos ouvidos.

O primeiro dia do ano

O primeiro dia do ano
será sempre o início dos tempos.

Certamente outros momentos no passado
te causaram um parecido sentimento,
mas nada se compara a este
pousado no presente.

Despertarás de um sonho terrível,
escreverás um poema, varrerás a casa,
ouvindo as mensagens
que chegaram na madrugada.

Comerás satisfeita as sobras
da ceia da virada e terás ainda
os bons encontros dos últimos
dias guardados frescos no peito,

capaz de ouvir
o clamor do lobo
que inda uiva, à espreita.

O início dos tempos
talvez esteja preso
ao primeiro dia do calendário.

O começo de tudo que era,
uma sobra de vinho,
um sopro na carne,
uma franja de vida
ou um qualquer contrário.

Dos dias que ficaram para trás,
em surdina esteve a morte,
e você tropeçou ao dobrar a esquina,
mas se levantou por sorte.

Pessoas demais se foram
e o que poderia ter sido feito não foi,
pois não faltou apenas ar,
faltou também humanidade.

Recebe esse novo dia
com certo susto e torpor:
sobreviveste a uma pandemia até aqui,
e isso tudo é fruto de algum acaso?

Poeira das galáxias,
borra das horas,
pó dos séculos.

Nas errâncias de outrora
muita dor te atravessou
até encontrar alguma árvore com sombra
e poder se deitar.

Na noite que antecede este primeiro dia
houve banho em chuveiro quente,
tambores, incensos, abraços de alívio e
votos de amigos que te povoam
feito acalanto.

A tristeza ainda ronda,
mas olhos e ouvidos estão prenhes.

Em cada amanhecer que antecedera,
um ato de ousadia foi necessário
para poder voltar a sonhar.

Fecha os olhos agora e vê
o horizonte que se renova
e outubro, é só virar a esquina.

Penúltimo poema

Dos bichos, sou do tipo preguiça
que se prolonga além do que precisa
na parte de dentro de qualquer movimento

Estou inda presa na ressaca de 2022
e a mesma onda que me cospe me engole
sem que eu consiga me agarrar
como gostaria à sua pele

Sim, certos pesadelos terminaram
e no ar pairam travessias
mas minha cabeça inda pesa
meia tonelada

Eu me demoro bem mais do que sei
a enterrar fantasmas
como uma balsa a carregar
mil sacas de café
de Itaparica até Ítaca

Desde quando te inventei
há um silêncio feito promessa,
impronunciável.

Fotos da pandemia

para Kima

nem sempre entendemos esses tempos
como se manifestam e quase nunca
consideramos que algumas rachaduras
a se alastrar em nossa pele
sejam feridas abertas muito
          antes,
muito.

uma manhã, um verde, uma luz

profundidades que adquirimos
e sequer suspeitávamos,
poços artesanais em que mergulhamos

          de fora
               pra   dentro

feito uma câmara clara

a piscina de água turva (na foto) espelha
dos nossos corpos ranhuras,
linhas tortas e pesos de um estranho
caminhar

e tem a fotografia o poder de devolver
o olhar que beira o horror?

A cidade abandonada
O vírus à espreita
O medo
O luto em nós

há nessas fotos essa beira,
um passado que me espreita
claustrofóbico,

mas essa foto
da primeira viagem que fizemos
pós-isolamento
(me) sorri.

A força vital da novela "Dom Quixote" vem de encontros entre a realidade e a idealização da linguagem derivada dos romances de cavalaria. Assim, unimos a figura histórica que inspirou a criação da personagem de Cervantes e a imagem idealizada da musa que fazia Dom Quixote sonhar. No selo Dulcineia, o leitor encontrará a linguagem estilizada da poesia, das novelas, contos e ensaios com autoras e temas femininos reais do mundo atual. Dulcineia é um caminho a ser seguido por quem parte em busca das mais quixotescas aventuras: a leitura.

#tudocomeçanalivraria
#QuixoteDo2024
#deforapradentro

1ª edição [2024]

Esta obra foi impressa na Gráfica Formato
em papel Chambril Avena 90g/m^2, tipografia Aller Light
para a QuixoteDo Editoras Associadas.